セレクション韓・詩 02

# 僕には名前があった

オ・ウン

吉川凪 訳

僕には名前があった

This book is published under the support of
Literature Translation Institute of Korea（LTI Korea).

# 詩人の言葉

人に生まれて
人を理解し人を誤解しました。
人だから理解し人だから誤解しました。
人を、ついに人となりを考えるようになりました。

お父さん、お母さん、元気でいて下さい。
僕はようやく
息子になりました。

二〇一八年真夏に

オ・ウン

# 目次

# 人

用を足したくてトイレのドアを慌ただしくノックした
「入ってます」
きっぱりした声に身体が硬直した
用は後にして外に出た

夜空があり朝の日差しがあった
荒れ地があり船の汽笛があった
無人島があり人がいた

誰も注目しなかったところに気配があった
誰も足を踏み入れなかったところに足跡ができた

裸の子供がいた
何も着ていない男の子

うれしい
恥ずかしい

生まれたままだから子供はうれしかった
子供に会った僕は恥ずかしかった
用を足せていなくて　まだ見るべきものを見ていなくて
実はとても多くのことを見てしまって

夜空のように
荒れ地のように
無人島のように

ある瞬間変わってしまって

喜びと恥じらいがあった
全身で喜びを受け入れる子供
幸いまだ恥じらいを知っている人

風景画から抜け出せない静物のように
人が集まっていた

死にたいんです
人が話した
死にたくないんです
人が話した
実はわからないんです

人だから話し　人だから嘘をついた
信じた　信じるふりをする人になった
欺かれた　欺かれたふりをする人になった
尋常ならぬ気配があった

隠しようのない痕跡があった

夜空を覆う朝の日差しのように
荒れ地に響く船の汽笛のように
無人島に人が大勢いるみたいに
不自然でざらざらしていた

子供はさっとしゃがんで用を足し始めた
君は誰？

子供は答えずに僕をじろじろ見た
僕は誰だろう

財布があるかポケットを確かめた

火事が起こったり
飛行機に乗ったり
すてきな家を建てたり
どこかにいきなり現れたりする時
あなたがまだ人間であることを証明する
別の誰かが必要だ

用を足した子供はさっそうと歩き始めた

静物一つが立ち上がって

風景になった

夜空が朝の空になるように
荒れ地に新芽が出るように
無人島が温まるように
飾り気がなくて自然だった

うれしい
恥ずかしい

うれしさのあまり恥ずかしい人がいた
恥じらいを知って
ようやくうれしくなる人がいた
中に人がいた

外にも人がいた
まだトイレだった
用は　見るべきものは　前にあった

［訳注］
韓国語において「見る」と「用を足す」の「足す」は同じ「ポダ」（보다）という動詞で表される。

# よく考える人

話が必要だ
人がいて家があって
家には本があって
食卓の上に
花瓶もある話

実のところ、花瓶に水がなかった

話のついでだが
人には自分だけの話があるだろう
隠したくて

見つからないかと戦々恐々
だけど誰かにわかってほしい話

家の中にも、本の中にも
食卓の上にも
話はいくらでもあるだろう

話に基づいて花は枯れかけていた

いくら洗っても
掃除しても
覗き込んでも

目立たないとはいえ

話を思い浮かべながら
花瓶に水を満たさなければならないと思った
花に水をやる行為とは厳然と異なる話

行き交ってこそ
分かち合うものとなり
議論になって夜を明かし
巷に流れ　傷ついたりもして

話の最後で奇跡的に出合う話

ご飯どきになれば
食卓の上でまた孤独になる話
まだその時ではないから
家の中で姿をくらませる話

沈黙する花を口実に
再び
話は冗長になり
つまらなくなり
荒唐無稽になり
嘘のようになり

花瓶に水を満たしていて
話を持ち出したことを忘れてしまった

人がいて家があって
家には本があって
花瓶に水さえ満たせば
噂のようにふくらむだろうと思っていた

話が

口の外に漏れ始めた

よく考えて話し続けなければいけないのに
話す前にもう話に詰まった

# 望ましい人

講堂に人が集まっていた。君が人か？　大声が場内に響きわたった。人々がいっせいに顔をそむけた。僕は人だろうか？　自問する人もいれば、私は人だけど、と確信している人もいた。人なのかどうかよくわからない人が一番多かった。どこかをぼんやり眺める人もいた。人であることを諦めた人やもうこれ以上人に期待しない人だった。

人がどうしてそんなことができるんだ？　視線が向かったところに人が立っていた。人なのかどうか確信できないでいた人だった。突然人と呼ばれた人が戸惑いの表情を見せた。何をしたのか考え始めた。するとようやく自分がちょっと人であるような気がした。人と呼ばれなかった人たちがざわついた。目つきと鼻筋と口元が瞬時に変わった。人だったようでもあり人のようでもあり、ある瞬間、人そっくりになった。

講堂は自らの役割に忠実だった。人かもしれない存在が一堂に会していた。収容所のようで大きな部屋のようで　ちょっと見にはモデルハウスのようにも見える空間だった。演説も運動も、いざという時にはけんかもできた。まず人にならなきゃ！　人が人に叫んだ。人だった人がぎょっとした。まだ人になっていないかもしれないという恐怖に襲われた。

講堂に人が集まっていた。望む人々がいた。自分が人であることを望む人、あの人にだけはなりたくないと願う人、それでも人になることを願う、人以前の人たちだった。何を望んでいるのかわからない人もいた。人としていかなる態度が望ましいのか、人になることが望むほどの価値があることなのか知りたくない人々だった。人をいったい何だと思ってるんだ？　人が人に怒鳴った。

人々は人らしく人について考え始めた。

# 凍りつく人

キムは猪突猛進する人だった　その気になれば何でも成し遂げた　彼の予言は的中し予想も当たった　彼が買った株は急騰し相続した土地は一等地になった　前後を考えないで飛びついても運良く前後が彼を支えてくれた　人々が歓呼の声を上げれば前に出て危機が訪れれば後ろに隠れた　果敢に進行したことも思いがけない収穫をもたらした　勝負師、開拓者といったあだ名がついて回った　前につくこともあれば要領よく後ろにつくこともあった　彼は浮んだアイデアを全速力で推進した　翌日になるとアイデアは宮殿やモデルハウスやホームページになった　目を覚ませば家ができていた　家々を歩き回って次の家を構想するのがキムの仕事だった

キムはこの世で最も背の高い家を建てようと決心した　キムを崇拝する人々は拍手喝采した　勝負師は弱気になる暇がなかった　開拓者は一番目になる

ことを諦める暇がなかった　キムは予定どおり工事を指示した　土を掘り基礎を固めて鉄筋コンクリートで骨組みを造った　マスコミも連日キムの行動を注視した　新聞記者を前に宣言したこともある　頭では想像できない家ができますよ　自分の頭でそんな言葉を思いついてちょっと得意だった　ある日、キムの前に壁が登場した　キムは壁に出会ったと思った　誰でもキムに会えば頭を下げたから　壁はキムの前で身体を曲げずすくすく育った　頭で想像できなかったことが起こっていた

簡単に越えられるだろうと思ったのに壁はますます高くなった　ちょっと頑張れば越えられるだろうと思ったのに壁はどんどん上に伸びた　必死でやったら結局は越えられるだろうと思ったのに壁の威容は揺るがなかった　勝負師の賭けも開拓者のフロンティアスピリットも壁の前では役に立たなかった

必死でやっていたけれどある瞬間凍りついてしまった　壁を越えられないと悟ったのだ　壁を越えられなければ家は完成できない　前後はキムの味方だったが上下は違った　マスコミはすぐに冷たくなった　キムを取材しに来た最後の記者が尋ねた　無理に進行したせいでこうなったのですか？　思い

がけない質問にキムはうろたえた　後頭部のように無防備だった

　この世で一番背の高い家を建てるために彼は持っていたすべての家を失った　毎日のように訪ねてきた記者たちの代わりに借金取りがつきまとった　彼に金を貸した人も彼を世話した人もいた　彼らは胸ぐらをつかみむんずと腕をつかみさっとズボンをつかんだ　前に押されたり後ろにのけぞったりした　家の外では前後のつじつまが合わないことや上下の区別のないことが起こっていた　キムは持っていた家をすべて失ったので家の中で何が起こっているのかわからなかった　ある時自分の建てた家の前でさっさとどけと言い放つおばあさんに会った　はっとした　前後を見回しても上下を眺め回しても自分を歓迎してくれる人はいなかった

　キムは人々の歓呼の声を思い出してようやく寝ついた　この世で一番背の高い家を建てると豪語して眠りから覚めた　賭ける機会も、開拓を夢見る余裕もなかった　キムはもう一日に何度も凍りついた　コンビニで期限切れのおにぎりを恵んでもらう時も地下鉄の駅で居眠りできる場所を探す時もキムは凍りついたままだった　見ず知らずの人たちが帰宅途中に彼を蹴飛ばしてゆく時など、キムは自分を包んでいる氷が砕ける気がした　道を聞くおじいさんに脇腹をつつかれた時にはそのまま溶けて流れるかと思った　「ちょっと、あんた」という言葉にも、しかめた顔にも、家という字にも彼は凍った
キムは凍ったままへなへなと路地に崩れ落ちた　心臓がどきどきした　キムの背中を支えてくれるのは壁だった　固いけれど心地よかった　やっと壁に出会えたのにキムは何も話せなかった　キムの影が壁からゆっくりと流れ落ちていった

# 待つ人

路地には待つ人がいる。路地にも大通りにもスーパーマーケットにも市場にもいる。学校の正門にもいる。息子が母を三十分待つ。男が男を三十日待つ。おばあさんがおじいさんを三十年待つ。身体が身体を待つ。心が心を待つ。いつも待つ。どこででも待つ。あちらこちらに待つがある。

今月の生活費を待つ人がいる。チャンスを待つ人がいる。希望を待つ人、成功を待つ人、ライバルの失敗を待つ人もいる。昨日の栄光を再び待つ人、明日の幸福を初めて待つ人もいる。待つを反復する人と待つを覆す人がいる。路地をうろついたあげく携帯電話をかけようとする手がある。切実な瞬間がある。

待つ人の前を走っていく人がいる。待つ人がいるのかどうか知らず全速力で走る。どれほど待っているのかも知らずに利己的に走る。待つは衝突しようがない。一つの情熱が一つの待つをかすめてゆく。息を切らせた人の後ろにため息をつく人がいる。弾む二つの心臓がある。待つ人がいる。待つが影のように長く伸びている。

待つ人はその人がいつ来るのか生半可に予測しない。来ると言ったことがないからだ。待っているとようやく言った時、その人はもう後ろ姿だった。その瞬間、待つが凝固した。じっとしていても後ろ姿は遠ざかった。必死で近づいても後ろ姿は小さくなっていった。待つが終るまで待つは解消されようがない。前姿で後を追う人がいて後ろ姿で前に向かう人がいる。待つ人は振り返らない。

三十分が三十日になり
三十日が三十年になり

会う時はアンニョンでいたくてアンニョン*
別れる時はアンニョンではいられなくてアンニョン

待つ人が路地にいた。
待つ時までいた。

［訳注］

＊　アンニョン：漢字では〈安寧〉と書き無事や平安を意味する言葉だが、こんにちは、さようならという意味の気軽な挨拶として使われる。

# 持つ人

一時間目は発表するために手を挙げた（トゥロッタ）
放課後には告白するために花を持った（トゥロッタ）

勉強するためにシャープペンシルを持ち
教えるためにチョークを持った

料理するために包丁を持った手で
外出する時カバンを持った

見せびらかすために岩を持ち上げた（トゥロットン）男もいた
いつの間にか

勝つためにバーベルを持ち上げる重量挙げ選手になっていた
表したいという気持ちが
達成しなければという気持ちになった

心を決めて凝視するために顔を上げた（トウロットン）僕が
心を新たに出てゆくために切符を持つ（トウロットン）君に会った

持ったり置いたりする
出会いがあった

胴上げされる身体があった

その身体を動かし
電話を持つ（トゥヌン）人がいた

持つ人の向こう側には聞く人（トゥンヌン）がいた

愛するために手の甲を持ち上げた人が
愛されるために前足を持ち上げた子犬が
仲良くなった

素直に互いに宿った（キットゥロッタ）

いつも何かを持ち上げていた人たちが
集まって
小さく可憐なものを
ゆらゆら揺れるものを
息や鼻息で
たちまち消えることも、ついには燃え上がることもできる
何かを

白旗を揚げないために
おとなしく両手両足を挙げないために
持ち上げる

何か変えようと
何かを続けようと

生きている証拠を挙げるように

花を持った手を
シャープペンシルやチョークを持った手を
包丁を持ちカバンを持った手を
切実に屈性を必要とする手を

# 落ちた人

彼はその日三度警告を受けた　正確には警告一度、叱責二度だ　叱責はすべて警告に向かっていた　〈仕出かしたこと〉は〈近い将来また仕出かすであろうこと〉でもある

さぼっちゃだめよ（パジジマ）！

母は僕の背中さえ見ると叫んだ　やれと言われることはたくさんあったしやってはいけないことはもっとたくさんあった　その言葉を聞くたびに気が抜けた（パジョッタ）　ボールの空気が抜けるみたいに、　気が抜けた　やる気が、　決心した気が

昨日は補習をさぼった　けっして反抗したのではない　僕は疾風怒濤ではなく順風楽濤の時期を過ごしている　さぼったのは他のことに没頭していた（パジョッタ）

からだ　補充したいものが他にあったからだ

気が抜けてるぞ（パジョガジゴ）！

担任の先生は僕を見るたびにそう言った　僕が考えごとをしている時にはすかさず言った　授業に集中している時ですら監視するようにその言葉を発した　抜けながら持つことができるのは素敵なことだ　泣きながら笑うことのように、笑いながら怒ることのように

何か言い分でもあるか？　担任が聞いた　お前には表現があるじゃないか戸惑った　表現があるとはいったい何のことだ　それは口があるだろうとか口で話せるだろうとかいう意味にも聞こえた　その言葉を自分だけのやり方で伝えろという警告のようでもあった　僕は思いにふけった（パジョッタ）

腐りきってるな（ソゴパジョッソ）！

掃除の時、ほうきを持ったままぼんやりしていて教務主任に見とがめられた　窮地に陥った（パジョッタ）とかどん底に陥ったとかいう気分ではなかった　掃除の間

じゅう腰を曲げひざまずいてなどいられないじゃないか　ごめんなさい　ひとこと謝れば済むと思った

　そうではなかった　腐りきった（ソゴパジョッタ）と言われるものには必ずモリ〔頭〕がついている　チョンシンモリ〔精神〕、サクスモリ〔見込み〕、シアルモリ〔素性〕……頭が腐って落ちる（パジヌン）ことを想像すると耐えられなかった　腐りながら落ちるかもしれないというのは不快なことだ　飛び跳ねながら走るように、走りながら壁に向き合うように

　彼はその日補習をさぼった　学校や家以外ならちょっと息がつける気がした　抜けた部分を補充できる気がした　〈仕出かしたこと〉は近い将来、〈以前仕出かしていたこと〉になる

　彼は市立図書館に入った　総類は000、哲学は100、宗教は200……社会科学と自然科学と技術科学を通り過ぎると600があった　彼はつぶやいた　科学は実に広い、科学は実に深い、科学は実に多い……担任も教務主

任も科学を教えていた

600は芸術だった　学校で習う芸術や体育がすべてそこにあった　彼は魂が抜けたままその前に立っていた　補充するためには抜けなければならない　没頭しなければならない

何げなくベルト・モリゾの画集を開くと「ゆりかご」という絵があった　開くことと開かれることの間で彼は見入った（パジョトウロッタ）　赤ん坊がいて赤ん坊を眺める母親がいた　このうえなく平穏に見えたので眠りに落ちた子供には見入ら（パジョトウン）なかった　子供の身の上話は総類に始まり哲学と宗教を経て広く深く多くなるだろう　科学に似てくるだろう

彼は子供を見ている女に見入った　その女の曖昧な表情を解読したかった　退屈なのか無心なのか、平和なのか倦怠なのか、漠然としているのか呆然としているのか、愛なのか不安なのか……ゆりかごは寝るために作られた空間だが、そこにふと感情が生まれたりもする　現代文明のように、韓国十進

分類法のように

ゆりかごから、本から、600から、市立図書館から抜け出したけれど彼は相変らず真ったただ中にいた

パリに行く理由が一つできた
僕は恋に落ちた（パジョッタ）

# 読む人

ところでご趣味は？　彼は今までこの質問を一番たくさん受けた　趣味は何かという質問の前にはたいてい、ところでという言葉がついていた　話題を変えるための言葉だったから彼はいつも無防備な状態でその質問を迎えなければならなかった　そうですねえ　ところでを受ける言葉としてはそうですねえ以上のものはなかった　時間を稼ぐための言葉だったがその言葉に神秘を感じる人もいた　多趣味なんですね　趣味を持つ時間がないんでしょう？

　たいていの人は皮肉を言った　友人たちは彼の顔が白いからだと言った　大根スープみたいだと言った　牛肉の入ってない大根スープみたいだと言った友人もいた　ところで実際のところ趣味は何なんだ？　友人たちが口を揃えて尋ねた　本当に彼の趣味が知りたいと言った

そうだなあ……

その日の夜　彼は家に帰ってＳＮＳで匿名の人たちに尋ねた　どんな趣味を持てばいいでしょうか？　ひもで縛られたイシモチの干物みたいにコメントがずらずら続いた　生まれて初めて関心を持ってもらえた　読書が無難でしょう　読む人（インヌンサラム）は〈ある人（インヌンサラム）〉のように見えるじゃないですか　音楽鑑賞も悪くありません　ジャンルはジャズやロックがお勧めです　かっこいいしそうだ、旅行もいいですね　進取的でありながらも自由で　たいていの人は旅行好きだから仲良くなれるかもしれませんよ　彼は百以上のコメントを読み　直ちに読む人になろうと決心した　〈ある人〉になりたいというよりは無難な人になりたかった　朝には確かに趣味のない人だったのに　夜にはちゃんとした趣味を持つ人になっていた　ところでとそうですねえにはもう出合わないだろう

不思議なことに趣味ができて以来人々は彼に趣味は何だと尋ねなくなった

彼に趣味ができたことをすでに知っているみたいだった　友人たちですら冗談っぽく趣味を問い質そうとはしなかった　どうやら彼の白い顔に色と生気が戻ったらしい　牛肉入り大根スープになったようだ　確かに読む人は〈ある人〉のように見えるのだろう　他のものはなくても趣味だけは確かにある人のように　彼はいつどこでも読む人だった　ベンチでも食堂でも地下鉄でも地下鉄の駅のトイレでも彼は読んだ　ベンチでも食堂の椅子でも地下鉄の座席でもトイレの便器に座っていても読む姿勢には常に情熱が感じられた　趣味を問う理由がなかった　明白なものの前で人々は敢えてしるしを探そうとはしない

いつからか彼は暇さえあれば人々に尋ねるようになった　焦った顔で　僕の趣味は何だかわかりますか？　そうだな、読むことですね　本や雑誌や新聞からポスターやビラや牛乳パックの後ろに書かれた栄養成分のようなものまで片っ端から読みます　字や数字、記号が書かれていれば何でも読みます　すごいですって？　ありがとうございます　自問自答だった　ところでどんなものを読む時に一番幸せだと思いますか？　当惑した人々は急いで立ち去った　大根スープをひとさじ食べたのに牛肉がなくて狼狽（ろうばい）したような顔だった　彼は再びひとりごとを言い始めた　ところでご存じですか？　結露点は、そうだなあ、気温とは関係ないそうです　純粋に現在の水蒸気量によってのみ決まるそうです　現在、今、現時点、まさにこの時、ライトナウ！　旅行雑誌でそんな記事を見たんですよ　新聞でも気象庁が発行する雑誌でもなく、旅行雑誌で！　すごいでしょう？　人々は結露するように彼の周囲から消えた　結露点を体現して見せていた　全身に結露しているのは彼だけだった

老眼になり黄疸が出ても彼は読むのを止めなかった　彼の趣味は生活になっていた　無難な人になろうと読み始めたのに　彼はもはや変人扱いされていた　状況に飛び込むために読み　状況から脱するために読み　状況に備えるために読んだだけだ　彼はお金や権威のある人でなく　ただ趣味のある人になりたかった　読む人になって以来　彼は何か読んでいなければ不安で耐えられなかった　ある日　公園でよく顔を合わせていた人が彼に近づいてきて

尋ねた　ところで読んでいない時にはいったい何をしているんですか？　彼は鈍器で後頭部を殴られたようにしばらくじっとしていた　ところでとそうですねえの次にいったいがやって来るとは夢にも思わなかった　彼は消え入りそうな声でやっと答えた

そうですねえ……

数万ページ読んでも、自分の心は読めなかった

# いい人

道端に落ちていた五百ウォン硬貨(チャリ)を拾った
そのお金で行商人からマッチを買った

マッチを擦る時は気をつけてな

急いでその場(チャリ)を去った
場所(チャリ)はある痕跡のようなものだった

公園には鳩に餌を投げるおじいさんがいた
おじいさんの顔は真剣だった

うちはこんなものだらけだ

餌に覆われた家を思い浮かべてぞっとした
クチバシのある鳥になった気がした

あたふたとその場を去った
場所はある足跡のようなものだった

地下鉄駅の前で恋人たちが抱き合っていた

愛してる
私はもっと愛してる

人だから人を温かく抱いた

邪魔しないようあわててその場を去った
場所はある位置のようなものだった

道端で笑う人たちに会った

バザーに出す物を寄付して下さい
不遇な隣人を助けるんです

行商人から買ったマッチを渡した

人を馬鹿にしてるんですか？

不遇な隣人を助ける人が怒った
不遇は不運を含む

人だから人にそっぽを向いた

マッチを擦る時は気をつけなくちゃ

マッチをポケットに戻してその場を去った
場所はいつの間にか地位になっていた

家に帰った

マッチがつけた傷痕のように
全身に色とりどりの斑点が出ていた

道で拾った五百ウォン硬貨が
部屋の床に転がっていた

ポケットをさぐってもマッチはなかった

床に横たわった
家は僕だらけだった

その時、
場所はある拠り所のようなものだった

安心して目を閉じた
人は人であることをやめない

# 昔の人

朝露が降りていた　今日は晴れるぞ　おじいちゃん、どうしてわかるの？
昔の人間だからわかるさ
学校に行くと子供たちがチェギ*を蹴っていた　僕も交ぜて　仲間に入ろうとした時、気乗りしない声が聞こえた　いまどき誰がチェギを蹴るんだよ
昔の人の遊びだろ　一人の子供がポケットからさっそうとスマホを取り出した　子供たちの目が画面に集中した　空中にあったチェギが力なく地面に落ちた　画面では一人の選手が一生懸命走ってボールを蹴っていた　会心のシュートを打ったけれどゴールポストに当たって跳ね返った　子供が顔をしかめた　これ君？　うん、俺のアバターだ
　先生が教室に入ってくる音がして子供たちは散り散りになった　机や椅子ががばたっと倒れた　お前ら何してたんだ？　一人の子供が引き出しに隠して

あったスマホをそっと出した　さっきの偉そうな態度ではなかった　誕生日に父ちゃんが買ってくれました　気乗りしない声は元気のない声に変わった

先生の目が光った　子供が昔の人みたいにこんなのを使ってるのか　チェギを蹴っていた子供たちもボールを蹴った選手もじっとしていた　突然、昔の人になった子供ともっと昔の人になった子供たちがいた

先生はポケットからスマホを出した　ゴールデンタイムのテレビCMで見た製品だ　よく聞け、私が話してみるから　今何時だ？　午後二時十三分です　スピーカーから明るい音声が流れた　子供たちはいっせいに嘆声を上げた　今度はサッカーゲームを見せてやるよ　先生が画面をタッチすると一瞬にして芝生が広がった　嘆声のデシベルが高まった　さっきのとどう違うかわかるか？　画質がきれいです！　走る様子に迫力があります！　音がリアルです！　子供たちが先を争って答えた　あれは2Dでこれは3Dだ　あれは昔でこれは現在ってことだ　もっと昔の人たちが昔の人のことを笑い始めた

騒がしいので隣のクラスの先生が見にきた　チャン先生何か御用ですか？

チャン先生が先生のスマホを覗いてくすくす笑った　キム先生はまだそのゲームをしてるんですね　こんな時代にまるで昔の人みたい　チャン先生の言葉にキム先生の顔が青ざめた　もう新しいのが出たんですか？　もうだなんて、一カ月以上になるのに！　アップデートなさい、アップデートを！　チャン先生が言うと、チェギを蹴っていた子供たちがくすくす笑った　一瞬にして昔の人になったキム先生の顔が赤くなった　もう授業が始まって二十分過ぎましたね　みんな、すぐ席に戻りなさい　キム先生が慌ててポケットにスマホを押し込んだ

学校から帰るとパパが昔の新聞を読んでいた　オレンジ族の代わりに金柑族が勢力を拡大しているという記事が載っていた　オレンジ族は一瞬にして昔の族になってしまった　親指族も、カンガルー族も、グルーミング族も、ニート族もそんなふうに昔の族になった　新世代も、X世代も、Y世代も、Z世代も、88万ウォン世代も、N放世代も似たようなスピードで昔の世代になった　昔になるにはあまり長くかからなかった　目を覚ました時に新しかったものが目を閉じる頃には古くなっていた　朝有名になって夜忘れられるケー

スが続出した　世間を騒がせたスターも昔のスターになった　誰もが現在を生きているのに誰かが昔の人になった
夜空に月の暈がかかっていた　明日は雨が降るね　おばあちゃん、どうしてわかるの？　昔の人間だからわかるのよ

今日を生きて明日を夢見る昔の人がいた

［訳注］
＊　チェギ：銅貨を紙や布などで包んだもの。蹴り上げて遊ぶ。

# 都会人

＃横断歩道

車がない人だって
堂々と顔を上げていい
さっと手を上げてもかまわない
渡る時
いくつかの線を踏む
違反しながら安堵する

まだ出勤していないのに
今日もゴールラインを越えた

#回転ドア

うず巻きのように
人々を吸い込む

いつ所属すべきか
様子をうかがう姿勢が必要だ
独力で道を開拓するか
影のように自然に後に従うか

風のように入って
サイコロのように転がり落ちる

今日は5

#エスカレーター

足を乗せるのが恐ろしい

ここからあそこに動くには
動くものに身体を乗せなければならない
動くために動かなければならない

踊るピアノの鍵盤の前で
どの音を押すか悩むけれど

どんな音で始めても
音楽はいつも同じように終わる

#地下鉄

後日を期する気持ちで乗り換える
どうか滞りませんように
時には息がつけますように
土の下に入り
川の上を走ったりもする

#屋上部屋

無数のハッシュタグを残した日だった

屋上のドアを開ければ
洗濯紐が揺れる
洗濯ばさみは一日の評価点をつける

今日もA

足跡はこっそり
布団の中で縮こまる

# 手を離す

分針が追いつけない時針
心を離れた身体
体形を記憶するのに失敗したTシャツ

結び目が捨てた靴紐
単語が逃した詩
追伸が忘れた挨拶

影が置き去りにした人
誰もたどらない足跡

# 一人の我々

# 決心した人

彼はいつものように出勤して仕事をした　仕事と呼ぶのが恥ずかしいような作業もあり　単に仕事だと表現するには過重な業務もあった　気づかれないようさぼったりもしたけれど概して彼は誠実な職員だった　一時間と定められた昼の休憩時間を守るのは彼だけだった　夜勤でため息をつかないのは彼だけだった　夜勤の次の日、出勤時間をきっちり守るのも彼だけだった　また明日　同僚のおざなりな挨拶に彼はこう返した　アンニョンヒケセヨ(ご無事でいて下さい)

帰宅途中で彼はバスを降りた　いつもなら終点まで行くのに　聞きなれたバス停だった　耳にだけなじみのあるバス停だった　何げなく　あるいはわざと通り過ぎる所だった　耳がくすぐったいから　ふと耳についたから　耳を疑いながら降りた　漢江(ハンガン)の橋の上だった　彼は自分が一度も川の上にいたことがなかったと気づいた　川は何げなく通り過ぎるか習慣的に越えるもの

だった　いつものように寒く　いつものように暗かった　いつものように誠実だった　誠実に自分自身だった
　橋の上に上がろうという思いを抱き　覚悟を決め　決心したことがある　アンニョンハセヨ（お元気ですか）　アンニョンヒケセヨと挨拶していた頃の話だ　挨拶と挨拶の間に無数のアンニョンを心の中で祈っていた　橋の上に上がろうと自分に語りかけていた人が　ついに橋の上に来ていた　いつものように出勤したけれど　いつもとは違って帰宅しなかった　年を食って非難を食らって夏の暑さを食らうように寒さも食らった　耳が凍え北風の音はいっそう激しくなった　涙が滲んだのに自動車のヘッドライトはいつになく明るかった　彼はしばらく橋の上にいた　このうえなくアンニョンなまま
　不意にクラクションが鳴り彼は橋の欄干につかまった　手に力が入った　決心したようには抜け出せない手があった　再び手中に落ちるために全身を手に委ねる人がいた　手の内に入ろうと必死にあがいた　仕事だなどととうてい言えない作業をしているみたいに恥ずかしくなった　日課からずいぶん遠ざかってしまった気がした　いや、彼はまだ途中にいた　さっき降りたバ

ス停に戻った　夜勤をする時もつかなかったため息が出た　ようやくちょっと生き返った気がした　最終バスに乗ってほっとした　いつもとは違って疲れたけれどいつものように無事に帰宅した
彼はいつものように誠実に八時間の睡眠をとった

# 散歩する人

歩いていった　道があった　歩いていった　知らない道だった　ゆっくり歩いた　休息のために歩き始めたのではなかった

歩幅が一定でなかった　歩いていった　足跡は言い訳だ　その方向に歩かねばならない切実な理由のような　四方に言い逃れをする中途半端な弁解のような

ちょっと足を止めて周囲を見回した　思索のために歩き始めたのではなかった　知らない風景だった　深い足跡が刻まれた

歩いていった　底も終わりもないから歩いていった　何もわからないから歩いていった　底が見えないから　終わりがないから歩いていった　歩いていった　疲れなかった

いつの間にか歩調が速まった　健康のために歩き始めたのではなかった

背後の風景が一点で消失していた　僕が前に歩いていった　風景が後ろに走っていった

歩いていった　道があった　歩いていった　知っている道だった　知っている道なのに慣れない道だった　おせっかいのように足を突っ込んだ　最後まで言えなかった言葉のように歩いていった

次の日も歩いていった　道がなかった　足の置きどころがなかった　歩いていった　最初の一歩を踏み出し二歩目を踏みつけ三歩目を踏みしめ四歩目の足を伸ばした　ひと肌脱ぎ靴を脱いだ　足がすり減っていた　歩いていった

突然雨が降りだした　足を踏み出せなかった　考える必要があった　まず(ウソン)傘(ウサン)を差そう　歩いていった　雨の道を歩いていった　足元で蛇足(だそく)たちがぴちゃぴちゃ音を立てた

# よろける人

知らないことを話した
知らないことを知っているみたいに話した
彼は悪かった

根性が
意地が
底を見透かされないようにしようとして沼に落ちた

知っていることを語った
知っていることを知らないみたいに話した

彼はこじらせた

交渉を
計画を

沼に雨水が満ち始めた

知らないのかどうかわからない
知っていることかもしれない

なんやかやが
底の方に
よろよろ流されていった

# 一流(イルリュ)学

人類(イルリュ)学科だと思って入ったのに実は一流(イルリュ)学科だった　わかっているだけでは駄目だ　一流になるには理解して見なければならない　一流学科教授は人類になるより一流になるのが先決だと言った　教壇に立ち　初日から上に立つ方法を教えた　上に立つにはこっそり追跡しなければいけない　他人を、後を、他人の後を

　彼は見上げる方法ではなく見下ろす方法だけを教えた　背の低い子たちには無理やり背の高くなる靴を履かせた　じっくり見る方法ではなく、かえりみない方法だけ教えた　まだ目がキラキラしている子たちには色眼鏡をかけさせた　目が高くなければ一瞬にして目がひっくり返ってしまうと言った　血眼にならなければまたたく間に眼中から消えると言った　授業中、目の高くない子たちがひと目で眼中から消えた　お眼鏡にかなわないから目に余っ

て目障りだと言った　目を皿にしなければ、目が回るほど忙しくしなければ目に土が入る*とも言った　その土も肥沃な土でなくぽろぽろの痩せた土だと言った

調べる目、探す目、よく見る目、推し量る目ではない、区別する目、見積もる目、天秤にかける目、にらみつける目が必要だと言った　目は心（マウム）の鏡（コウル）でなく集めたもの（モウム）を計る天秤（チョウル）だと言った　さらに多く集めるために、さらに上に立つために人類の、いや一流の天秤にならなければならないと言った　そのためには見る目が正確でなければならない　台風の目にならなければならないと言った　一流学科の教授らしくまばたき一つせずに言った

授業が終わると目が充血していた　隣の子の目を意識する子もいた　気がつくと僕たちは仲良く目の上のたんこぶになっていた　人類の輪郭がやたら目前にちらついた　二つの目から水が溢流（イルリュ）するのを防ぐためにみんな目を閉じて歩いた　見ることをやめて他人の後に従っていた

［訳注］

＊　目に土が入る：死ぬ

# 偉い人

ボール（コン）を転がす（クルリヌン）姿勢で
気持ちをうまく整理する（コンクルリヌン）人
そんな人

精魂（コン）を込めて
功績（コン）を立ててしまう人
輝く人

ボール（コン）を蹴る（チャヌン）ふりをして

空（コン）を打つ（チヌン）人

ボールが他人の
手に渡るのが我慢できない人

失敗するたび
自分はそんな人ではないと
弁解する人
世の中にそんな人はいないことを
証明する人

そんな人

舞台の上では
照明をすっかり吸い込んで

顔色を正す人

絶対に値ぶみする人

洗面台の鏡の前では
口にくわえた歯ブラシのように
とても小さくなる人
歯磨き粉の泡のように
なすすべもなく漏れ出す人

喜んで代価を支払う人

# 恋人

何をしようか？
何を食べようか？

互いに聞くこと
一緒に答えを探すこと

何をしてもよかった
何を食べてもよかった

答えはなかった
二人だった

最もたいせつな質問を、
毎日の習慣として投げかけた

ぐっすり寝よう
豊かになる感情のように
豊かになる語彙のように

毎日毎日
懸命に同じ夢を見た

あの時、何をしたか覚えてる？
あの時、何を食べたか覚えてる？

記憶する罪と

思い出せない罪

別れる時は
どうしようもなく罪人だった

〈日ごとに〉が〈その時ごとに〉に収斂しようとしていた

もう同じ夢は見なかった

何を愛そう？
誰を愛そう？

答えはなかった
一人だった

# 凝視する人

野原がある　広い　その上を馬が走る　自由だ　一本の木が立っている
青い　みずみずしい　すぐそばに一本の木が横たわっている　黄色い　風情
がある　立っている木と横たわっている木は仲がいい

実は

馬は追われていた　身の危険を感じていた　野原が広くて走るのに問題は
なかった　隠れる場所もないのが問題といえば問題だった　幸いでもあり不
幸でもあった　馬を捕まえようとするものがいた　それが誰なのか知ってい
るのは馬だけだということが最大の問題だった　自由でないから猛烈に走っ
た　自由のために死力を尽くして走っていた

誰も大丈夫かと尋ねなかった

木は何とかして生きようとしていた　根が互いに絡まってどうやってほどけばいいのかわからない　横たわっている木が立っている木を引き倒そうとした　立っている木はさらに生長しようと脳天に全力を注いでいた　みずみずしさを失わないために、仲の良さを維持するために頑張っていた　倒そうとする木と倒されまいとする木　二本の木が死闘を繰り広げていた
何か変わったのかと尋ねる人もいなかった

野原の片隅に行ってうずくまった
馬は相変らず走っているだろう
二本の木は青く黄色く仲がいいだろう

場面を完成するのは

見る人だ

冬、小便をするたび僕の身体から温かいものがすっかり脱け出ていく気がした

# 行ってきた人

夏は昼に、冬は夜に訪れると君は言った　日が変わり季節が変わり半袖は長袖になった　腕の代わりに夜が長くなった　夏の昼に甘い眠りを　冬の夜に蜜のような眠りを眠るのが僕たちの願いだった　統一という言葉、ちょっと怖くない？　一つになること　一つに近づかせるということでしょ　そんなことを言うからぞっとした　世の中に同じ人は一人もいないじゃない　よく見れば夏の日と冬の日が違うように　暑くて湿っぽくてむしむしして　寒くて乾燥して背筋がぞくぞくして……僕たちはしばらく気候と気分、気候によって変わる気分に関連した表現を探すことに没頭した　それが春だったか秋だったか思い出せない　夏でも冬でもなかったよ　そうだ　僕たちはいっこうに寝つけなかったし　互いにため息をついて季節の変わり目のように唐突に別れたのだから　朝、目を覚ますと別の季節が来ていたのだから　どうだった？　君は何も答えなかった　夏の昼のように饐えた匂いがした　そっちはどう？　僕は何も答えられなかった　冬の夜のように沈黙だけが深くなっていった　甘い夢と蜜の味の夢はどこかに消えてしまっていた　夏ももう終わりね　長袖をまくり上げながら君が言った　長袖をいくらまくり上げても半袖にはならない　夏に接近した君が言った　夏は昼に、冬は夜に訪れると君は言っていた　あれから夏の昼と冬の夜がぐっと長くなったとも言った　朝はどこかに行って夕方ここに戻ってくるのだと言った　昼はそこから消え、夜はここから現れるのだと言った　人生は一度に始まったり終わったりはしないみたい　一度やってみようと決心できるものでもないでしょ　私たちが今、夏と冬の間にいるように、夏の昼が長いように、冬の夜はもっと長いように、聞こえない問いのように、思わず口をついて出た答えのように、出ていって戻ってきた人のように、半袖を着ていったのに長袖で帰ってきた人のように　夏は昼に　冬は夜に訪れると言った人がいた　甘い眠りや蜜のような眠りは切実に願う時ようやく訪れる　気候が良いのに気分が良くないこともある　乾燥した気候にじめじめした気分で歩いたりもする　長袖をまくっても半袖にはならないけれど半袖に近づくことはできる　昼が短くなれば夜が長くなるように　夏が去れば冬が来る　その間には季節の変わり目がある
からうずくまって眠った　夕方には次の季節を連れて君が来るだろう

# 線を引く人

お腹すいた
あと二分だ
何が？
正午まで

十一時五十八分だった。僕の時計は五分以上進んでいた。生まれつきのろいのに、いつも追われるように暮らさなければならなかった。「まだオープンしてませんが」といった婉曲な拒絶と「まだ閉めちゃいけないでしょ」といった厳しい非難を甘受しなければならなかった。腹時計は正確だったけれど時計ほど精密ではない。二分と言うと短いようだが百二十秒と言えばとても長く感じられた。時計はそれぞれコチコチと時を刻んでいた。

正午になると隣の席の子がチョークで机の上に線を引いた。カバンから巻き尺を出して机の幅を測り、きっちり真ん中に引いた。素早く繊細な手つきで。

どうしてこんな線を引いたの？
**この線を越えるなよ**
僕たち隣同士じゃないか
**背の高さが近いってだけだろ**

その子は時針のような子だった。なかなか動かなかった。動く時ですら動くというより縮こまるという感じだった。その子は一日に何度も線を引いた。「咳やくしゃみをする時には手で口を覆え」といった注意と「これからは俺にそんなことを言うなよ」といった命令を自由自在に駆使した。六時間目が終わると僕は子分になっていた。

僕の欲望は秒針のようだった。その子に話しかけたかったし一緒にご飯を食べたかった。運動場で思い切り遊びたかった。算数でわからない問題があればためらわずに聞きたかった。

お腹いっぱいだ
**もう二分経った**
何が？
**午前零時を過ぎてから**

時計は回り続けていた。午後と午前の零時を一度ずつ過ぎればまた一日が始まった。明日が今日になり昨日は一昨日になった。間違いなく。僕は昨日と今日の境界に立っている。五分以上進んだ腕時計をつけて。まだオープンしていないのに、もう閉める準備をしていた。

振り返ると線が引かれていた。越えてからそれが見え始めた。

# オレンジ色の少年

サクランボの皮があった
バナナの皮があった

赤と黄色があった

サクランボとバナナの実る村に
少年が暮らしていた

少年は青が好きだった
暇さえあれば空を見上げた
暇をつくって海を泳ぐ想像をした

好奇心旺盛だった
恐怖心はもっと強かった

ある日道を歩いていて
少年は滑った
サクランボの皮とバナナの皮が
重なる光景を見た

それがあった
赤と黄色の中間があった
少年はそれに恋した

その日以来
サクランボとバナナが実る村に

奇妙な事件が起こり始めた

夕焼けができた
オレンジが実った
ノウゼンカズラの花が咲いた
土を掘ると
数えきれないほどニンジンが飛び出してきた

青は彼方にあった
一番遠くにあった
少年の身体が大きくなり始めた

オレンジの味のように
単にすっぱいとは表現できない
甘ずっぱい

瞬間が十六分音符のように流れた

少年はあちこちにある
夕焼けとオレンジ、ノウゼンカズラの花とニンジンを
容赦なく集め始めた

少年が青年になり
青年がまた壮年になり
壮年がついに中年になるまで
少年はいつも自分をオレンジ色の少年だと思っていた

少年がオレンジ色の少年から成長しようとするたび
夕焼けは夜じゅう赤く燃えた
道を歩いていると突然オレンジがぼとぼと落ちてきた

ノウゼンカズラは冬にも咲いた
夢の中でも
サクランボの皮とバナナの皮を踏んで滑った

ある日ふと
少年は青が好きだった頃を思い出した

ずいぶん遠くに来てしまったけれど
十六分音符はもう三十二分音符二つに分かれたけれど

今からでも海に行ってみようか

海に浸かると
オレンジ色の少年は
白や黒になって

おじけづいて顔が白くなったり
黒く焼けてしまう気がした

そんなことを想像するたび
オレンジ色の少年の顔は赤大根になった

心臓でぱりぱり音がしていた

# 猶予する人

夜明けに彼は訃報を受けた。高校の同窓生が死んだという。名前を見ても誰だかわからない。携帯電話を見たら三、四人は見つかるほどありふれた名前だった。葬儀場の前で同窓生の一人に会った。どうして死んだって？　同窓生はいきなり彼に尋ねた。彼は肩をすくめて中に入った。知った顔があって安心した。葬儀場で安心するのも変だけれど、葬儀場ぐらい安心が必要な場所があるだろうか。遺影を見ると誰なのかわかった気がした。携帯電話に番号が保存されている人ではなかった。彼はうなだれてひとりごとを言った。親しかったのに……。そう言ってから、彼はちょっと驚いた。昔の話だから親しかったと言ったのか、友人が死んだから親しかったと言うしかないのか混乱した。とにかく友人は今ここにいない。彼は携帯電話に来た訃報のメールをじっと見た。高校の時、彼と友人はサッカー部だった。監督は彼と友人がミッドフィルダーに向いていると言った。ミッドフィルダーってどういう意味かわかる？　競技場の真ん中にいる人じゃない？　真ん中で行ったり来たりする人。うん、つまり俺たちがゴールの前に行く確率が低いということでもあるな。君はゴールを入れたいの？　いや、ただ時々、笑えてくるんだよ。一定の区域でうろうろしたあげく、一度もけりをつけられないまま終わるような気がして。サッカーが？　いや、人生が。その時の会話がなぜ思い出されたのかはわからない。弔問をして部屋に入ると同窓生たちが仲良くお膳を囲んで座っていた。サッカー部でゴールキーパーだった奴もストライカーだった奴もいた。ストライカーだった奴は、仲間うちで唯一、スポーツ推薦で大学に入った。ゴールキーパーは一人だろ。ストライカーも一人。なのに俺たちは何人もいるじゃないか。サッカーの後、手洗い場で顔を洗いながら友人が言っていたのをふと思い出した。たくさんいるのがいやなのか？　僕が聞くと友人は白い歯を見せて笑った。いや、ちょっと言ってみただけだよ。三十年後、俺たち何をしてるんだろうな。体操服を制服に着替えながら友人が言った。俺は事業がしたい。金をたくさん儲けたいんだ。僕が躊躇していると、友人が先に言った。事業をすれば儲かるかな？　いや、その確率が高いってことだよ。その反対の確率も高いし。友人はその話をしてから、三十年生きることができなかった。今年は高校を卒業して正確に二十九年目だ。遅れて来た同窓生の一人が話し始めた。友人は大学も卒業せず遠い親戚と共同で事業を始めたが、一日たりともうまくいったことがなかったという。同窓生は〈遠い親戚〉という言葉と〈一日たりとも〉という言葉を、二度も強調して言った。その後の話はまったく耳に入らなかった。一日たりともうまくいかない人生を考えると気が遠くなった。今すぐ手洗い場に行ってざあざあ流れる水で顔を洗いたくなった。彼は同窓生たちを残して席を立った。ゴールキーパーだった奴が引き止めた。久しぶりなのにもう帰るって？　何かあるのか？　いや、ちょっと用事があるんだよ。返事をしながら彼は驚いた。知らないうちに友人の口調を真似ていたのだ。帰りのタクシーの中で彼は友人の人生について考えた。遠い親戚と事業をしたこと、その事業がただの一日もうまくいかなかったということ以外に何も知らなかった。彼の記憶の中で友人は運動場や教室にいた。時には手洗い場で白い歯を見せて笑った。彼は目を閉じた。自分が人生の真ん中に来ている気がした。攻撃も守備もし、攻撃を防いだり守備を突破したりしているうちにここまで来た。友人は来られなかった。歳月が過ぎ、彼はいつの間にか事業を経営するようになっていた。事業をすればたくさん稼げる確率も高いがその反対の確率も高い。友人は制服に着替えながらそう教えてくれた。彼は生まれて初めて人生を振り返った。どうにかここまで来たけれど明日はどうなるかわからない。確率はこちらもあちらも高い。真ん中でうろうろして気がついてみればどこにいるのか見当もつかなくなっているのかもしれない。けりをつけるどころか終焉に至るかもしれない。ミッドフィルダーが何人もいる理由がわかる気がした。彼は紙を取り出して遺書を書き始めた。三十年が近づいていた。遠い親戚のような三十年が。金を貸してくれと、借金を返せと胸ぐらをつかんで走ってくる気がした。どうして死んだって？　同窓生たちが棺の前でその質問だけはしないでくれることを願った。ストライカーは一人でゴールキーパーは一人だ。ミッドフィルダーは何人もいるけれど僕は一人だ。それに携帯電話には三千二百七十六件もの電話番号が保存されている。友人の番号はない。彼は突然ひどい空腹を覚えた。台所を漁ってみるとカップラーメンがあった。お湯の沸く音を聞いて気持ちが落ち着いた。親しみのある音だった。彼の遺書は三十年後、全面的に修正される予定だ。

# 一九五八年戌(いぬ)年生まれ

前だけ見て走ってきました
振り返る暇もありませんでした
誰かに追われているように
影を見る余裕がなかったんです

世話をしている間にこんなに年を取りました
前に何があるのかわかりませんでした
誰かが疾走するような勢いで
追い立てるから進むしかなかったんです
上に仕えながら生きてきました

下の面倒を見ながら生きてきました
上と下のある人生でした
横に誰がいるのか
どんな風景が流れているのか
この巨大な風景で自分がどんな表情を担当しているのか

知りたいとも思いませんでした

ほんとうは怖かったんです
歪んで元に戻らなくなるんじゃないかと
薄まって生気が戻らなくなるんじゃないかと
怖くて目を閉じてしまいました
内心の表情が全身に広がりました

目を開けたらここでした
どうしようもなくここでした

今日は今日のご飯が切実でした
明日は明日の服が大切でした

十年後の今日は家を持つことができるでしょうか

前を見れば
犬のように群れをなして行く人たちがいました
後ろにいるから
どこに続く道なのかわからないことがよくありました

いつも上と下があったのに
閉じたくちびるからは

どんな言葉も漏れませんでした

もうこれ以上行くところがないから立ち止まりました
風景が見え始めました
本心をばらすかのように
影が身をくねらせました

後ろを振り返ると鏡がありました
私がいました
忘れていた顔じゅうに水の流れがくねっていました

どこに流れても不思議ではない表情が

# 計算する人

たたけよ、さらば開かれん
社長の言葉

時給に時間をかけ
出勤日数をかけて
今月の家賃と生活費を引くと
ぴったりだった

期限が切れたばかりのおにぎりをかじった
まだ大丈夫だ

連休の間は時給を五割増しにしてくれるそうだよ
普段とは違うお客さんが来るだろう
いつもほど忙しくないはずだ
社長の腹心の部下はいつもより饒舌だった

耳よりな言葉
耳なじみのある言葉
耳を疑う言葉

どのみち耳にかければ何でも耳飾りになる

来学期のことを考えた
みんなのように留学したかった
留学した友人たちはみんなよそよそしくなった
よそよそしくなりたかった

頭の中がごちゃごちゃだ
納めるもの、支払うものがたくさんある
何より急がなければならない

銀行員の手つき
紙幣カウンターの性能
その前で回る目玉の速度

夜になることを明確に示すため
闇はゆっくり流れ
コンビニは24時間回る

たたきなさんな、そしたら何も起こらないから
田舎にいる母の言葉

まだ大丈夫
まだ
今のところは

# 無人工場

無人工場で技術を習った。人がいなくても人であることに耐える技術を。人がいなくても人として持ちこたえる技術を。仕事は技術と関係なかった。朝ご飯を食べてスイッチを入れること。晩ご飯を食べてスイッチが切れているのを確認すること。朝ご飯や晩ご飯を食べることのほうがたいへんだった。無人工場で起き無人工場に出勤した。人のいない所から人がいなくていい所に。朝ご飯を食べてスイッチを入れた。目を離した隙にスイッチが切れるのではないかと心配でお昼を抜いた。人を出迎える必要も見送る必要もなかった。出勤時間になり勤務時間になり食事時間になり再び勤務時間になった。正確な間隔で食事時間と退勤時間が訪れた。技術的だった。仕事が終わったと快哉を叫ぶと工場にこだまが響き渡った。芸術的だった。無人工場に出勤し無人工場に帰った。無人工場で眠る時間が近づいていた。定時が更新されるたび時間の概念が薄れていった。時間は去らず、訪れるばかりだった。変だった。あんなに長く勤めたのに技術が向上しなかった。怪しかった。無人工場に僕がいた。無人工場なのに僕がいた。無人工場なのに僕がいることが唯一習得した技術だった。ある日スイッチを入れるような気持ちでふと自分の名を言ってみた。無人工場とは違って僕には名前があった。無人工場とは違って、僕は人間だった。晩ご飯を食べスイッチを切った。工場内にけたたましく警報音が鳴った。ようやく仕事と技術が関係あるとわかった。解雇される時になってようやく無人工場にも人がいることを知った。解雇されたのに工場を出る技術がなかった。無人工場では流入だけがあり流出はなかった。定時は常に訪れるだけだった。困辱は困惑の前に訪れたから困難に陥ったことは後で気づくしかなかった。人がいなくてもいい所に人がいた。人がいてはいけない所に人がいた。一度消えたスイッチは二度とつかなかった。人の役目をするのが難しくなった。無人工場がやっと無人工場らしくなった。何かを欲するから、何かを欲しないから、口はいつも開いたままだった。朝ご飯を食べても、昼ご飯を抜いても、晩ご飯を食べても口は開いたままだった。

無人工場で技術を習った。人がいなくても人に耐える技術を。人がいなくても人として持ちこたえる技術を。

# 三十歳

雲をつかもうとして
ある日　にわか雨に遭った

ぼんやり歩いて道に迷った
ぼんやりしていても道は常にあった

されど地球は回る
なのに頭はどうして回らないのか

悲しいのに涙一滴流れなかった
次の日、身体がまるごと流れた

大人とは成長した人のことだ
もう少し成長しなければならないらしい
年を食っても食っても
消化できない病気にかかった

# うるさい顔

大声を出す勇気も
罵倒する覇気もなくて
僕は迷路に入り込む

地上は手招きのある所
地下は地団駄のある所

言うべき言葉があるから
手招きを忘れられないから
手に持ったスマホを

上げたり下ろしたり

同じ側を探し
似たような事情を探し
汗の匂いをさせながら
泣いたり笑ったり

僕たちは仲良く
顔がだんだんうるさくなる

できなかったということは
まだ残っているということ
猶予されているということ
〈ここにいて(イッタガ)〉が〈後で(イッタガ)〉になること
同じ時間が次の駅まで続くということ

おかしい時に笑えず
腹の立つ時に怒れないから
僕たちの表情はぎこちない
おずおずとした鬱憤が顔に表れる

地上は生きている人のためにあり
地下は生きようとする人のための場所

神経質にまばたきするたび
眉間が狭まることを

鼻をひくつかせるたび
鼻の下の産毛が
うろたえて身を横たえることを

唇を痙攣させるたび
口の中では上下の歯が
熾烈な衝突をしていることを

君の顔を通じて
僕の顔が見ている
自分の顔を

顔と顔の間に
自分も知らない顔が飛び出す
一瞬で迷路になった顔
乗り換えなければ

電車が止まり
今度の駅で乗る顔たちが見える
降りない顔たちが残った事情を伝えるだろう
まだ到着していない表情を
生涯続けるであろう生活を

ホームドアが開く
うるさい顔たちが内と外に溢れる
妨げるものは何もない

# 糸車(ムルレ)は元来(ウォルレ)、文来(ムルレ)

文来洞(ムルレドン)から後輩が遊びに来た　十年ぶりだった　大学時代に短編映画を撮った時、主役を演じた奴だ　俳優は五年前にやめたと言った　ハリウッドに渡って皿洗いをしながら英語の勉強をしたと言った　帰ってきてまた芝居をしようと思っていたけれど芝居より英語のほうが好きになったと言った　今は鍾路(チョンノ)で社会人相手に英語を教えていると言った　会話だけはできたが仕方なく文法も勉強することになったと言った　好きなことばかりしているわけにはいかないんですねぇ　どこに住んでいるんだと尋ねると文来洞だと言った　弘大(ホンデ)に住み合井洞(ハプチョンドン)に引越し、望遠洞(マンウォンドン)に移ったと言った　世の流れに追われたってことですね　死んでも麻浦区(マポグ)は離れたくなかったんです　先輩、ジェントリフィケーションって聞いたことあるでしょ？　それを肌で感じましたよ　後輩はメソッド演技をしているように見えた　袖をまくったら鳥肌

が立っていそうだ　三度の引っ越しはいずれも二年も経たないうちに行われたが家賃が上がったので文来洞に移ったのだと言った　ところが、そこも今年からジェントリフィケーションの対象になったんです　気配が尋常じゃありません　僕が役者だからか、いや一時は役者だったからか、どこに行っても人が押し寄せますね　後輩は声を出して笑ったけれど泣き顔に見えた　一瞬にして演技の達人になったようだ　ところで監督、映画を撮った時のことを覚えてますか？　先輩から監督になった僕はうろたえた　覚えてるさ、すごく苦労したじゃないか　僕はあの時、役に入り込めなかったんです　なぜ主人公が自殺しようとするのか理解できなくて　希望に満ちた青年が、あんな試験一つ落ちたぐらいで屋上に上がるもんですか　たたけば門は結局開くのに　僕はハリウッドで皿洗いをしながら英語を勉強したんですよ　ところでお前、文来洞はなぜ文来洞というのか知ってるか？　文来？　ひょっとして文が来る所ということですか？　文益漸（ムンイクチョム）が綿花の種を持ってきたから文来洞だそうだ　糸車（ムルレ）の元来（ウォルレ）の名前も文来だったそうだ　糸車を作った人の名前が文来だったらしい　先輩は本当につまらないことをたくさん知ってますね監督だった時もそうでしたよ　まあ、会話だけ上手でも駄目ですからね　文法も知っていなきゃ　後輩はもう自問自答の演技を始めていた　文来洞の路地は確かに美しいよな　僕はいきなり芝居に割り込んだ　一種のアドリブだ　そのとおりです、外国人が見て、ニューヨーク草創期のソーホーのようだと言ったとか　ところでソーホーがどうしてソーホーだか知ってるか？　先輩、僕は聞かないことにします　知らないほうがいいですよ　僕たちは互いの顔を見てゲラゲラ笑った　NGが出たのにカメラはずっと回っていた　後輩はもう文来洞に帰ると言った　明日、授業で教える文法を予習しなければならないと言った　好きなことだけしていられなかった後輩の顔はすぐに暗くなった　大志を抱いてハリウッドに行った彼は今、文来洞に住んでいる

今度は文来洞で会おう　今の文来洞が消えてしまう前に　後輩と僕は十年ぶりに握手をした　ところで先輩、あの時の映画のテーマは何だったんですか　よく思い出せないんです　僕が短編映画を撮っていた頃のように　後輩が役者だった頃のように　文益漸が綿花の種を持ってきた頃のように　文来という人が糸車を作った頃のように　遠い昔のことだった　そうだな、生命

はしぶといってことかな　文来洞をもっとよく見ておかなきゃいけませんね
思い出せなくなったらいけないから　しぶとく、いや、飽きるまで！　後輩は文来洞の住民であり一時は俳優だった英語講師という役に入り込んだまま帰った　耳を澄ませると、こんなことをつぶやいていた　糸車（ムルレ）は元来（ウォルレ）、文来（ムルレ）、糸車は元来、文来、糸車は元来、文来……

［訳注］
弘大は弘益（ホンイク）大学の略称。その周辺は流行の発信地として人気が高く、それより家賃が安い合井洞、望遠洞も同じ麻浦区にある。一方、永登浦区（ヨンドゥンポグ）にある文来洞は工場や古い家が多い地区だったが近年は再開発が進み、アーティストが多数移住して活動している。

# 三回言う人

Oは必ず三回ずつ言った　彼の口から同じ言葉がマシンガンのように小さく三回流れ出る時、人々は大きく一回驚いた　同じ言葉を連続して聞かされるのは苦痛だ　二回でもなく、三回だなんて！
舌が短いから、マシンガンの性能が良くないから、単語の初めと終わりがトマトやアジアのように同じ音だから、言葉によっては三回言わないと相手が聞き取れなかった　不発の単語はいつも恥ずかしかった

キムチチャーハンにどんな材料を追加しますか？
**ピーマン、ピーマン、ピーマン**
言う時に熱がこもりすぎるのか、三回目のピーマンは血の痣（ピモン）のようにも聞こえた　驚いた店員が条件反射のように三回うなずいた　おかげでピーマン

チャーハンみたいなキムチチャーハンが出てきた

一回では確信が持てなかった　ちゃんと伝わったのか、相手が聞き取ってくれたのかわからなかった　破裂音や摩擦音が交ざっていると、一回で意思を伝達するのは不可能だった

二回だと相手が不安になった　嘘をつく人は必ず二回言うそうだ　詐欺師は普通、信用させるために二回言う　投資なさい、投資なさい、収益（スイク）が出ますよ、収益が出ますよ

果敢に投資なさいますか？

**ひげ（スヨム）、ひげ、ひげ**

収益が出るのを待つよりひげが生える方が早いだろうと答えようとして失敗した　笑いをこらえたら涙が出た　マシンガンの引き金は弾丸の一部だけ引っ張ることが多かった

三回言うと誰もが注目した　三回言うのはそれなりの理由があると思った

切実なんだろう、強調したいんだろう、覚えてもらうためなんだろう　だって、二回でもなく三回じゃないか！

三回目に言う時、口の天井に穴が開く気がした　食欲が湧いた　条件反射のように天井から恵みの雨のような唾が溢れた　Oはそれをまた食道の後ろにぐっと呑み込んだ

夕食は何がいいですか？
**チャ**ジャンミョン、チャジャンミョン、**チャ**ジャンミョン*

マシンガンから破擦音が飛び出し始めた

［訳注］

* この一行の原文は차장면、자장면、짜장면であるが、チャジャンミョンは本来짜장면と書かれる。三つの単語の一文字目は、日本語ではいずれも「チャ」としか表記できないものの、それぞれ違う子音が使われており、韓国語では別の音として区別される。

# あと一歩

おい、まだ来ちゃ駄目だろ!
おい、まだ行っちゃ駄目だろ!

時針と分針と秒針が
一日に二度ぴったり重なるまで

ずっと遅かったり早かったりしていた

あと一歩まで近づいても
妥協する気にはなれなかった

# 人

おい（イサラマ）、* 久しぶりだな！
僕たちは道で出くわした
制服を脱いで以来、初めてのことだ

互いに名前を忘れていたが

見覚えがあり
懐かしい匂いがして
人（サラム）であることは間違いないので

君は手を開いてみせた
そこには名前の代わりに
曲がりくねる手相があった

どんな道でも順調に進める手相だと思った

目のある人
人を見る目があった人

財産線がくっきりしているから
僕は君が出世すると思ったのに
君は手で口を覆って笑った
手相が喉に吸い込まれそうだった

人を好きだった人
人の良い人

間違ってもすぐに認めるから
僕は君が新しい人間に生まれ変わると思ったのに

手相の線をたどっているうち
分かれ道に来た

向き合うべきか背を向けるべきか

僕が言った
君が聞いた
残酷な言葉が
背筋を流れた

耳になじんだ
親しみのある話し方で
抑揚もはっきりと

僕は大きく開いた手で顔を覆った
頬が熱くて
手相が溶けてしまいそうだった

手をつないでいたはずの人が
容赦なく手のひらを返すように
背を向けてふらふら歩き始めた

こいつめ、もう帰るのかよ

人が人を呼んだ
ちょっと前まで
人だった人を
この人を

［訳注］
＊　イサラマ：字義的には〈この人よ〉だが、親しい人への呼びかけに使われる。

# 付録

しない

## 十年前、揮発しない

**♪ *BGM: OFFONOFF,〈Bath〉***

夜だ。夜なのに目覚めている。昼間よりもはっきりと。君のいる所は朝だろう。僕は布団をかける。君は布団をたたんでいるかもしれない。目を閉じる。夢の中で君と海に行ければいいのに。蟬が鳴いても紅葉しても雲が散っても僕たちは幸福だろう。目を開いてまた閉じる。目を閉じても鮮明だ。目を閉じると次第に鮮明になる。あの時君をもっと優しく抱いてあげるべきだった。君と過ごす時間をもっと大切にすべきだった。君をもっとよく見ておくべきだった。二人でできることをもっとたくさんしておくべきだった。また夜だ。夜だから目覚めている。今は君が目覚めている時間だから。

寝つけなくて浴槽にお湯を溜める。僕の心のように、お湯はざあざあ流れ出す。浴槽には漏れ出す穴がない。心が、心たちが浴槽に溜まっている。はにかみながら好きだと告白した心、君と海に行きたいと言った心、初めて君の手を握った時のときめいた心、君とキスする時二つの心臓が同時に高鳴った心、君の後ろ姿を寂しく眺めながらひりひり痛んだ心、ようやく愛だと悟って涙が流れた心。今まで僕の心は一度も止まらなかった。心たちが溶けたお湯が浴槽に満ちようとしている。お湯は僕の心のように熱いはずだ。

両足を入れ滑るように浴槽に入る。素直にお湯に包まれる。君の姿が現れて消える。僕たちが共有した時間が消えたり点灯したりする。そこにいるの？

僕は浴槽からむくっと起き上がる。水がぽたぽた落ちる。溜まっていた心たちがゆらゆら揺れる。変だな、記憶は薄れるのに懐かしさは増すばかりだ。僕の手が届かない時、身体は燃える。引き留めることができない時、感情は沸く。沸いて溢れる。また浴槽に横たわる。浴槽の外に水が流れる。僕の心も一緒に流れる。

懐かしさは揮発しない。ますます沁みるばかり。

## 今日、消えない

**♬ *BGM: James Vincent McMorrow,〈Cavalier〉***

　僕はそれを懐かしさだと言い君はそれを未練だと言った。僕たちはとにかくある時期を経て今に至っている。同じ所から出発したけれど今僕はここに、君はそこにいる。ずいぶん変わったな。僕が言うと君が笑った。ずいぶん長かったじゃない。僕はその言葉が年を取ったということなのか別れてから時間が経ったということなのかわからなかった。二人とも。君はそうつけ加えると白い歯を見せてにっこりした。僕の心を読むのは相変らず上手だな。だって、長かったじゃない。その言葉は明らかに僕たちが長い間つき合っていたことを指していた。二人ともしばらく何も言わなかった。僕たちはどちらも初恋だった。

　懐かしさとは会いたくてたまらない気持ちであり、未練はきれいさっぱり忘れられなくてまだ惹かれる部分が残っている気持ちを意味する。僕は会いたかったと言い君はまだ残っているからそうなのだと言った。会いたいから気持ちがまだ残っているんじゃないかな。僕が思わず発した言葉に二人とも驚いた。沈黙が流れた。それぞれ頭の中で過去を描く時間が続いた。焦燥のあまり心が沸き、焦がれ、乾きかけていた。僕たちは明らかに懐かしさと未練の間にあった。それで、今は元気でやってるんでしょ？　僕は答えなかった。ひょっとすると、きわめて消極的にうなずいたかもしれない。君が笑いながら席を立った。僕は元気でやっている人になった。

初恋を覚えていると言う時、僕たちはどうしても過去を遡らなければいけない。過去を遡るのに、良い思い出だけを引き出すことはあまりない。純粋だった瞬間に向き合っても、それが錆つきぐしゃぐしゃに折れ曲がる悲しい場面をじっくり見守るはめになる。それでこそ今自分のいる所に戻れるのだ。曖昧な記憶、表現しがたいその頃の感情、その後ずいぶん変わったこととちっとも変わっていないこと。でも、いくら無神経になろうと決心しても、輝いていたいくつかの瞬間だけはずっと鮮明なのだろう。それで僕は思わず元気だと答えたのかもしれない。

光は常にある。懐かしさのように、未練のように。光は消されることを、消えることを拒否する。

## 十年後、尋ねない

**♬ *BGM: Lana Del Rey, 〈Young and Beautiful〉***

朝起きて町内をひと回りした。この辺は退屈なほど静かだ。いつ外に出ても人が少ない。朝ジョギングする人も、夕方散歩する人もあまりない。スーパーで買い物をして戻ってきた人に挨拶すれば軽い黙礼で答える。考えてみれば、ここに引っ越してきた理由もそこにある。静かだから。僕はもともと騒々しい人間だった。人の集まるところではムードメーカーを自任したし皆も僕が笑って騒ぐのが好きなのだと思っていた。そんな生活を続けているうち僕のイメージは活発で社交的な人になった。そう言えば聞こえはいいが、要するに道化師だ。少しでも黙っていると皆が不思議そうに見た。「何かあったのか？」そう聞かれると、僕は秘密がばれた人のようにぎょっとした。

あわてて何かでっち上げなければならない気がした。

君と別れてからはよく無表情になった。皆は僕がとてつもない体験をしたのだろうと考えた。誰もなかなか僕に話しかけられなかった。僕は失恋しただけだ。そして別れを告げた側も告げられた側もつらいのは同じはずだ。〈失恋する（シリョンハダ）〉の代わりに〈失恋に遭う（シリョンタンハダ）〉という表現がよく使われるのもそのためではなかろうか。すべての別れは痕跡を残し、その痕跡は当事者を喪失感に直面させる。そして喪失は本質的に〈遭う〉ものだ。過去がなければ消すこともない。思い出がなければ失うこともない。あの人がいなかったならば今の僕はどんなふうにであれ、違っていたはずだ。それが今よりましだという保障はない。

花壇に水をやって部屋に入り本を開いた。唾を呑み込む音以外、何の音も出さなかった。ページをめくる音以外には何の音も聞こえなかった。引越しする時、秒針がせわしく動くアナログ時計の代わりにデジタル時計を置いたのも同じような理由だ。僕は静かな状態が必要だと感じていた。活発で社交的な人だった僕が沈黙に適応するにはそれほど長くかからなかった。僕はもともと静かなのが好きだった。一人でいてもあまり退屈しなかったと、ふと思った。僕は本を読んだ。メモした。過去を胸に埋めることはしない。「何かあったのか？」と不意に尋ねるような無礼はしない。

〈病む（アルルンダ）〉の生活が終わり、〈しない（アンヌンダ）〉の生活を送っているところだ。僕は後悔しない。

## 水滴効果

水滴について考える。海の上に落ちた一滴の水について。その水滴はとても堅固でけっして海水に混じらず、海の一部になることを拒む。実際、水滴はどこにも属すつもりはない。最後まで自分自身でいたいと願うばかりだ。水滴は波を越え太陽の光ももののともせず、海の上をすいすい漂う。ただ漂うだけ。自ら身を起こすシニフィアンのように。

💧

今ここには色と音と言葉がある。君がハンマーで壁を強く打ちつけたとしよう。色は滲み音は広がり言葉は結局発せられるだろう。君の目には隠れた絵が自ら頭をもたげるのが見える。君はやがて絶対音感を持つようになり子音と母音を混ぜる術を自然に身につける。今ここには色と音と言葉があり、君はこのすべてを手に入れることができる。しばらくすれば、シニフィアンはおとなしく君のものになる。

今ここは破裂寸前だ。決定的な瞬間ごとに時空は身体を一緒に動かす。色が鮮明になる。音が固くなる。言葉は種になろうとしている。

水滴がしばらくゆらゆらした。空間が揺れた。潮が満ち始めた。

ある詩人は助詞一つで一年以上悩んだ。まるで一つの単語のニュアンスがすべてだとでもいうように、彼はそれぞれの助詞の持つニュアンスに囚われて迷い続けた。そしてそのニュアンスはうかつに口に出すことができなかった。簡単に言ってはいけない気がした。一度口に出してしまうと取り返しがつかなくなる気がした。一年過ぎたけれど、彼はどんな助詞とも別れることができなかった。心の準備ができていなかった。

助詞を選んでいるうち彼は老いた。海の上に漂う一滴の水のように。それはついに捉えられないのではないかと思えた。彼は毎日海に出て水滴を求める心情で詩を書いた。実は、詩を書いたというより助詞を選択するのに没頭していたというのが正しいだろう。接尾語や句読点のように一見つまらなそうに見えるものですら、重くて持て余した。

彼は生涯でたった一篇の詩を残したそうだ。死んだ時、机の引き出しから数万種類の単語が溢れ出てきたという。それらの質感があまりにも独特だったために、誰も拾おうとしなかった。

その詩人の痕跡に従って水滴が転がり始めた。航海途中に助詞を使う機会を得たかのように、水滴は海の上でしばらくぐずぐずしたりもしていた。一匹の蝶が島のてっぺんに止まって羽ばたいていた。地球のどこかで誰かが泣いているだろう。

ある音楽家は音符の道で首を吊っていた。彼はすべての音を割ったり伸ばしたりまたくっつけたりすることに余念がなかった。彼は一日中、波のうねりを思った。うねる波ではなく、波のうねりを。彼の指は波打ち彼の口はひくひくした。ひどく悲しいことに、音たちはなかなか落ち着こうとしなかった。一小節完成しても残るのはため息ばかりだった。

彼の生活はダカーポによって操作されているように見えた。何も変わらなかった。変わることがなかった。彼は三十二分音符のように危うくなり、息継ぎ記号のように荒い息をつくことを反復した。時に全音符が登場するので安心してため息をつくこともあったとはいえ、音に囲まれた生活は生易しいものではなかった。海を見ればちょっとましになるかと思ってあてもなく海に行った。青い波を見ると音が聞こえた。それは自分の作った音楽だった。

それ以来、自分の作った音楽を聴くと例の、あの波が思い浮かんだ。音の高低に従って波が寄せたり打ちつけたり高くなったりうねったりしては崩れた。彼はその波にじっと包まれていた。真っ青な大波が薄青い波になり青黒い荒波になって戻ってきたりした。彼は自分の作ったわなに落ちた。それを色聴と呼ぶ人もいた。

ある晩、彼は本位記号を書くと長い眠りについた。自分を取り戻す唯一の時間だった。夜明け頃、待ち受けていたかのように次の小節が始まった。

その音楽家とはいったい誰なのだと問う時ですら、水滴は身体を震わせないわけにはいかなかった。水滴は自分の身体を演奏するという使命をけっして忘れなかった。諦めなかった。海の上で自分を証明する方法を、水滴は手放そうとしなかった。

雲が消え、太陽が姿を現した。水滴が日光を浴びて輝き始めた。水滴は総天然色の自分が誇らしくなってちょっと肩をそびやかした。また海が荒れそうな気配が見えた。鋭敏な島たちが身を震わせていた。

ある画家は発狂寸前だった。彼は描写に対する強迫観念に取り憑かれていた。何かをそっくり描くことなど不可能ではないか。彼はまばたきするたびに変わる空気の色についてしばらく思いを馳せ、何げなく窓の外の海を見下ろした。海が青い？　青いって、いったいどれほど青いんだ？　その青はどういう種類の青だ？　その青の背後に何がある？　彼は結局、自分の問いに縛られた。頭をかきむしりながら、彼はうっかり青い絵の具を床にぶちまけてしまった。

彼はひとまず、見えるものをクロッキーで表現するのに全力を傾けた。色から一歩離れているのがよいだろうという気がした。彩度と明度に囚われてしまうと生涯、一枚の絵すら完成できないと思った。しかし一日中手を素早く動かしながらも、彼は絵の具に目が行くのをどうすることもできなかった。顔が暗くなった。自分自身が彩度と明度を失いつつあることに絶望した。既にずいぶん前から青い目は輝きを失っていた。彼は憂鬱になった。

クロッキーを描いてグロッキーになった。彼はアトリエの床にへたりこんでため息をついた。一滴の涙がぽとりと落ちた。その涙が床にあった青い絵の具と混ざって絶妙な墨流し模様になった。彼は目を見開いた。そう、この色だ！　窓の外の海を眺めた。今日ぐらいは海にずっと浸かっていてもいいだろう。

よく実った水滴が転がる。トレーの上の玉（ぎょく）や屋根の上の雀ではない、ただ一つの水滴として。海の上の水滴ではなく、偶然海の上に存在することになった水滴として。水滴はそれ自体が丸く充満している。シニフィアンが存在性を獲得する時間だ。水滴はそうして自ら一つの空間となり、もともと空間であった場所を占める。当たり前のように、こうなる運命だったとでもいうように。

海辺に風が吹き太陽が照りつけ潮の香が漂う。そして僕たちの知っている、あの水滴が浮かんでいる。道理を会得した存在のように、このうえなく楽なポーズで。

今ここに色と音と言葉がある。色は滲み音は広がり言葉は発せられる。これは傾向であり手順であり、ひいては逆らいようのない運命だ。君がそれをもてあそんでいる間、世界のすべてのエネルギーが君に向かって集中する。短時間だが、君は時空間の中心になる。

やがて詩が完成し音楽が完成し絵が完成した。大きなことが起こる直前あるいは起こった直後のように、海が凪いだ。水滴が完全になった。

そして僕たちはたった今、自ら満足する方法を会得した。ホモ・ファーベルとしてペンを持ち絵筆を持ち音を聞いただけなのに。シニフィアンをあるがままに受け入れただけなのに。水滴が顔を上げ再び航海を始めた。僕たちはようやく自由について、進化について考える余裕ができる。

水滴一つが海を揺るがせる。水滴はただ身体を一度ひねっただけだ。自分の身体を思い切り滑らせただけだ。海の上で水滴が寝返りを打つのは、蝶が羽ばたくのと同じぐらい危険で強力だ。例のあの鋭敏な島たちが身を震わせている。恐ろしい水滴効果。

---

僕たちは目を閉じる。波の音が耳を打ち続ける。そして待ち構えていたかのような、引き潮。

解説

# 言葉遊びで描く喜びと悲しみ

オ・ウンは、各分野で活躍する日韓両国の若手クリエーター同士の対談シリーズ〈日韓若手文化人対話〉(国際交流基金ソウル日本文化センター、韓国国際交流財団、クオンの共同主催)シーズン2の一環として、二〇二一年十月十六日、二〇二二年三月十二日、二〇二三年三月十一日の三回にわたって日本の詩人三角みづ紀と対談している。それまで二人に面識はなかったが、一回目の対談に先立って手紙を交わし、初めて互いの作品を読んだ。対談では通訳を介して詩について語り合い、詩人同士は言語の壁があっても感性によって理解し合えることを示した。コロナ禍で参加者たちはそれぞれのコンピュータ画面に向かっていたけれど、いつしか一体感が生まれ、全員が深い感動を覚えた。対談の最後には三角が共同で作品をつくろうと提案し、二回目の対談前に、その希望を実現させるべくメールでやり取りしながら連詩という形の共同制作が行われた。

オ・ウン（呉銀、Oh Eun）は一九八二年、韓国の全羅北道井邑（チョルラプクトチョンウプ）に生まれ、ソウル大学社会学科を卒業した後、KAIST（カイスト）（Korea Advanced Institute of Science and Technology〈韓国科学技術院〉の略だが現在はKAISTが正式名称）で修士号を取得した。情報通信会社に勤めてビッグデータを管理していた時期もあるという。大学一年生だった二〇〇二年に『現代詩』に作品を発表して以来、二十年間詩を書き続けているというから、今や詩壇の中堅である。二〇一四年に第十五回朴（パク）寅煥（インファン）文学賞、二〇一八年に第一回具常（クサン）詩文学賞を、二〇一九年には第二十回現代詩作品賞と第二十七回大山文学賞を受賞した。大山文学賞を受賞した本書『僕には名前があった』（原題『나는 이름이 있었다』）の他にも、『ホテルタッセルの豚たち』、『私たちは雰囲気を愛してる』、『有から有』、『左手は心が痛い』などの詩集がある。

現在は、詩を書く以外にも一日一冊を目標にした読書、新聞の連載コラムを含めエッセイなどの原稿執筆、ポッドキャスト司会、テレビ・ラジオ出演、学校・企業での講演、ブックトークの司会あるいはゲスト出演などの仕事で多忙な日々を過ごしている。時には自ら文化イベントの企画もする。一例として、二〇二二年十月に水原（スウォン）で開かれた「第一回京畿（キョンギ）ポエトリーフェスティバル」

では芸術監督を務めた。今や韓国で最も忙しい詩人だそうだ。日本と同様、韓国も詩を書くことだけで生活が成り立つ詩人はほとんどいないが、オ・ウンの多彩な活動はほとんど詩に関連するものなので専業詩人に近いと言っていいだろう。話術が巧みなのでユーチューバー的な人気もあり、ツイッターには約二万六千人のフォロワーがいる。

オ・ウン作品最大の特徴は、何と言っても駄洒落やことわざ、慣用句を多用する言葉遊びだ。日本には古来、掛詞という高級な駄洒落が貴族の間でミヤビな言語遊戯として認められてきたし、現代のオヤジギャグもほとんど駄洒落だ。日本語はそもそも母音の数が少ないために同音異義語ができやすいのだろうが、韓国語は子音や母音の種類が多いせいか韓国では日常でも日本ほど駄洒落は使われず、ましてや文学作品に使われることは従来あまりなかった。というより、好まれなかったと言うのが正しいだろう。言葉遊びを前面に押し出した点においてオ・ウンの詩は画期的だった。

いたずらっ気に満ちたオ・ウンの詩に難解な言葉は少ないし、描かれるのはたいてい誰の身の周りにでも起こりそうな出来事や、どこにでもありそうな風景だ。だが読者は言葉遊びに気を取られているうちに周囲の時空が歪み始め、自分がいつの間にか韓国の、あるいは日本にも共通した生きづらい世の光景を眺めていることに気づいて愕然とする。そして、この詩人はただものではないらしいと、改めて認識するだろう。

吉川凪

二〇二三年三月十二日

著者　オ・ウン（呉銀）

1982年韓国全羅北道井邑生まれ。

2002年『現代詩』にて詩人としてデビュー。

詩集に『ホテルタッセルの豚たち』、『私たちは雰囲気を愛してる』、『有から有』、『左手は心が痛い』、青少年詩集『心の仕事』、散文集に『君と僕と黄色』、『なぐさめ』など。

朴寅煥文学賞、具常詩文学賞、現代詩作品賞、大山文学賞などを受賞。

訳者　吉川凪

仁荷大学国文科大学院で韓国近代文学を専攻。文学博士。

著書に『朝鮮最初のモダニスト鄭芝溶』、『京城のダダ、東京のダダ――高漢容と仲間たち』、訳書に谷川俊太郎・申庚林『酔うために飲むのではないからマッコリはゆっくり味わう』、金恵順『死の自叙伝』、呉圭原『私の頭の中まで入ってきた泥棒』、鄭芝溶『むくいぬ』、共訳に『地球にステイ！――多国籍アンソロジー詩集』、イオアナ・モルプルゴ編『月の光がクジラの背中を洗うとき――48カ国108名の詩人によるパンデミック時代の連歌』などがある。

キム・ヨンハ『殺人者の記憶法』で第四回日本翻訳大賞受賞。

セレクション韓・詩 02

# 僕には名前があった

2023年5月31日　初版第1刷発行

著者　オ・ウン（呉銀）
訳者　吉川凪
編集　川口恵子
ブックデザイン　松岡里美（gocoro）
印刷　大盛印刷株式会社

発行人　永田金司　金承福
発行所　株式会社クオン
〒101-0051
東京都千代田区神田神保町1-7-3 三光堂ビル3階
電話　03-5244-5426
FAX　03-5244-5428
URL　http://www.cuon.jp/


ISBN 978-4-910214-45-0 C0098